COLLECTION FOLIO

D0710953

Alexandre Dumas

La Dame pâle

Gallimard

Ce texte est extrait des *Mille et Un Fantômes* précédé de *La Femme au collier de velours* (Folio classique n° 4316).

Alexandre Dumas naît en 1802 à Villers-Cotterêts. Son père, général républicain, meurt alors que l'enfant n'a que quatre ans. Devenu clerc de notaire sans grand enthousiasme, il se passionne pour le théâtre et commence à écrire. Il rejoint la capitale où il entretient une liaison avec sa voisine de palier, la lingère Laure Labay, qui lui donne un fils prénommé Alexandre. Ses pièces commencent à être jouées, mais ce n'est qu'en 1829, avec *Henri III*, qu'il fait un véritable coup d'éclat et se place parmi les chefs de file du romantisme, aux côtés de Victor Hugo. L'année suivante, de ses amours avec Belle Krelsamer naît une fille, Marie. Attiré par la politique, Dumas se joint à la révolution de 1830. L'année suivante, le théâtre de la Porte-Saint-Martin représente un drame en cinq actes, *Antony*, qui remporte un succès triomphal. Dumas fait la connaissance de l'actrice Ida Ferrier qui deviendra sa femme en 1840. Les années suivantes sont marquées par de nombreux voyages en Europe : Suisse, Italie, Belgique, Allemagne… Après plusieurs tentatives, Alexandre Dumas décide de se lancer dans le roman et publie *Les Trois Mousquetaires* en 1844, puis *Le Comte de Monte-Cristo* et *La Reine Margot*. Il commence aussi à collaborer avec Auguste Maquet qui l'aide dans ses recherches historiques. Séparé d'Ida Ferrier, il achète un terrain à Port-Marly et y fait construire le château de Monte-Cristo qu'il inaugure en juillet 1847. Mais, ruiné par la faillite de son théâtre, le Théâtre historique, il doit le vendre aux enchères en 1850. Ce sont des années d'une grande fécondité littéraire : *Joseph Balsamo*, *Le Collier de la Reine*, *Vingt ans après*, *Le Vicomte de Bragelonne*, *Le Chevalier de Maison-Rouge*, *La Femme au collier de velours*... Pourtant, couvert de dettes, il profite du coup d'État du 2 décembre 1851 pour trouver refuge à Bruxelles où il rejoint Victor Hugo en exil. Il négocie avec ses créanciers et alterne séjours à Paris et séjours en Belgique avant de revenir définitivement en France en 1854. Voyages, maîtresses et romans se succèdent. L'Académie française lui ferme ses portes lorsque paraît une photo de lui avec sa maîtresse sur ses genoux... Alors que la France est assiégée par les Prussiens, Alexandre Dumas meurt le 5 décembre 1870 chez son fils. Il est enterré à Villers-Cotterêts avant d'être transféré au Panthéon en 2002 où il rejoint son ami Victor Hugo.

Lisez ou relisez les livres d'Alexandre Dumas en Folio :

GEORGES (Folio classique n° 567)

LE VICOMTE DE BRAGELONNE (Folio classique n°s 3023, 3024, 3025)

VINGT ANS APRÈS (Folio classique n° 2818)

LE COMTE DE MONTE-CRISTO (Folio classiques n°s 3142, 3143)

LES TROIS MOUSQUETAIRES (Folio classique n° 3511)

LE COLLIER DE LA REINE (Folio classique n° 3644)

ANTHONY (Folio théâtre n° 75)

PAULINE (Folio classique n° 3689)

LE CAPITAINE PAMPHILE (Folio classique n° 3952)

LE CHEVALIER DE MAISON-ROUGE (Folio classique n° 4235)

LES MILLE ET UN FANTÔMES *précédé de* LA FEMME AU COLLIER DE VELOURS (Folio classique n° 4316)

LES FRÈRES CORSES (Folio classique n° 4487)

LA DAME DE MONSOREAU (Folio classique nº 4792)

LA REINE MARGOT (Folio classique nº 4952)

LA MAIN DROITE DU SIRE DE GIAC *et autres nouvelles* (Folio 2 € nº 5184)

LA TULIPE NOIRE (Folioplus classiques nº 213)

GABRIEL LAMBERT (Folio classique nº 5314)

LA TOUR DE NESLE (Folio théâtre nº 157)

LE CHÂTEAU D'EPPSTEIN (Folio classique nº 6003)

KEAN (Folio théâtre nº 175)

LE CAPITAINE PAUL (Folio classique nº 6287)

LES QUARANTE-CINQ (Folio classique nº 6668)

— Écoutez, dit la dame pâle avec une étrange solennité, puisque tout le monde ici a raconté une histoire, j'en veux raconter une aussi. Docteur, vous ne direz pas que l'histoire n'est pas vraie ; c'est la mienne... Vous allez savoir ce que la science n'a pas pu vous dire jusqu'à présent, docteur ; vous allez savoir pourquoi je suis si pâle.

En ce moment, un rayon de lune glissa par la fenêtre à travers les rideaux, et, venant se jouer sur le canapé où elle était couchée, l'enveloppa d'une lumière bleuâtre qui semblait faire d'elle une statue de marbre noir couchée sur un tombeau.

Pas une voix n'accueillit la proposition,

mais le silence profond qui régna dans le salon annonça que chacun attendait avec anxiété.

I

LES MONTS CARPATHES

— Je suis Polonaise, née à Sandomir,
c'est-à-dire dans un pays où les légendes
deviennent des articles de foi, où nous croyons
à nos traditions de famille autant, plus peut-
être, qu'à l'Évangile. Pas un de nos châteaux
qui n'ait son spectre, pas une de nos chau-
mières qui n'ait son esprit familier. Chez le
riche comme chez le pauvre, dans le château
comme dans la chaumière, on reconnaît le
principe ami comme le principe ennemi.
Parfois ces deux principes entrent en lutte et
combattent. Alors ce sont des bruits si mysté-
rieux dans les corridors, des rugissements si
épouvantables dans les vieilles tours, des
tremblements si effrayants dans les murailles,

que l'on s'enfuit de la chaumière comme du château, et que paysans ou gentilshommes courent à l'église chercher la croix bénie ou les saintes reliques, seuls préservatifs contre les démons qui nous tourmentent.

Mais là aussi deux principes plus terribles, plus acharnés, plus implacables encore, sont en présence : la tyrannie et la liberté.

L'année 1825 vit se livrer entre la Russie et la Pologne une de ces luttes dans lesquelles on croirait que tout le sang d'un peuple est épuisé comme souvent s'épuise tout le sang d'une famille.

Mon père et mes deux frères s'étaient levés contre le nouveau czar et avaient été se ranger sous le drapeau de l'indépendance polonaise, toujours abattu, toujours relevé.

Un jour, j'appris que mon plus jeune frère avait été tué ; un autre jour, on m'annonça que mon frère aîné était blessé à mort ; enfin, après une journée pendant laquelle j'avais écouté avec terreur le bruit du canon qui se rapprochait incessamment, je vis arriver mon père avec une centaine de cavaliers, débris de trois mille hommes qu'il commandait.

Il venait s'enfermer dans notre château, avec l'intention de s'ensevelir sous ses ruines.

Mon père, qui ne craignait rien pour lui, tremblait pour moi. En effet, pour mon père, il ne s'agissait que de la mort, car il était bien sûr de ne pas tomber vivant aux mains de ses ennemis; mais pour moi, il s'agissait de l'esclavage, du déshonneur, de la honte!

Mon père, parmi les cent hommes qui lui restaient, en choisit dix, appela l'intendant, lui remit tout l'or et tous les bijoux que nous possédions, et se rappelant que lors du second partage de la Pologne, ma mère, presque enfant, avait trouvé un refuge inabordable dans le monastère de Sahastru, situé au milieu des monts Carpathes, il lui ordonna de me conduire dans ce monastère qui, hospitalier à la mère, ne serait pas moins hospitalier, sans doute, à la fille.

Malgré le grand amour que mon père avait pour moi, les adieux ne furent pas longs. Selon toute probabilité, les Russes devaient être le lendemain en vue du château. Il n'y avait donc pas de temps à perdre.

Je revêtis à la hâte un habit d'amazone, avec lequel j'avais l'habitude d'accompagner mes frères à la chasse. On me sella le cheval le plus sûr de l'écurie, mon père glissa ses propres pistolets, chef-d'œuvre de la manufacture de Toula, dans mes fontes, m'embrassa, et donna l'ordre du départ.

Pendant la nuit et pendant la journée du lendemain, nous fîmes vingt lieues en suivant les bords d'une de ces rivières sans nom qui viennent se jeter dans la Vistule. Cette première étape, doublée, nous avait mis hors de portée des Russes.

Aux derniers rayons du soleil, nous avions vu étinceler les sommets neigeux des monts Carpathes. Vers la fin de la journée du lendemain, nous atteignîmes leur base ; enfin, dans la matinée du troisième jour, nous commençâmes à nous engager dans une de leurs gorges.

Nos monts Carpathes ne ressemblent point aux montagnes civilisées de votre Occident. Tout ce que la nature a d'étrange et de grandiose s'y présente aux regards dans sa plus complète majesté. Leurs cimes orageuses se perdent dans les nues, couvertes de neiges éternelles ; leurs immenses forêts de sapins se penchent sur le miroir poli de lacs pareils à des mers ; et ces lacs, jamais une nacelle ne les a sillonnés, jamais le filet d'un pêcheur n'a troublé leur cristal, profond comme l'azur du ciel ; la voix humaine y retentit à peine de temps en temps, faisant entendre un chant moldave auquel répondent les cris des animaux sauvages : chant et cris vont éveiller quelque écho solitaire, tout étonné qu'une rumeur quelconque lui ait appris sa propre existence. Pendant bien des milles, on voyage sous les voûtes sombres de bois coupés par ces merveilles inattendues que la solitude nous révèle à chaque pas, et qui font passer notre esprit de l'étonnement à l'admiration. Là le danger est partout, et se compose de mille dangers différents ; mais on n'a pas le temps d'avoir peur, tant ces dangers sont sublimes. Tantôt ce sont des cascades improvisées par la fonte des glaces, qui, bondissant de rochers en rochers, envahissent tout à coup l'étroit sentier que vous suivez, sentier tracé par le passage de la bête fauve et du chasseur qui la poursuit ; tantôt ce sont des arbres minés par le temps qui se détachent du sol et tombent avec un fracas terrible qui semble être celui d'un tremblement de terre ; tantôt enfin ce sont les ouragans qui vous enveloppent de nuages au milieu desquels on voit jaillir, s'allonger et se tordre l'éclair, pareil à un serpent de feu.

Puis après ces pics alpestres, après ces forêts primitives, comme vous avez eu des montagnes géantes, comme vous avez eu des bois sans limites, vous avez des steppes sans fin, véritable mer avec ses vagues et ses tempêtes, savanes arides et bosselées où la vue se

16

perd dans un horizon sans bornes ; alors ce
n'est plus la terreur qui s'empare de vous,
c'est la tristesse qui vous inonde ; c'est une
vaste et profonde mélancolie dont rien ne
peut distraire ; car l'aspect du pays, aussi loin
que votre regard peut s'étendre, est toujours
le même. Vous montez et vous descendez
vingt fois des pentes semblables, cherchant
vainement un chemin tracé : en vous voyant
ainsi perdu dans votre isolement au milieu
des déserts, vous vous croyez seul dans la
nature, et votre mélancolie devient de la
désolation ; en effet, la marche semble être
devenue une chose inutile et qui ne vous
conduira à rien ; vous ne rencontrez ni village, ni château, ni chaumière, nulle trace
d'habitation humaine ; parfois seulement,
comme une tristesse de plus dans ce morne
paysage, un petit lac sans roseaux, sans buis-
sons, endormi au fond d'un ravin, comme
une autre mer Morte, vous barre la route
avec ses eaux vertes, au-dessus desquelles
s'élèvent à votre approche quelques oiseaux

aquatiques aux cris prolongés et discordants. Puis, vous faites un détour; vous gravissez la colline qui est devant vous, vous descendez dans une autre vallée, vous gravissez une autre colline, et cela dure ainsi jusqu'à ce que vous ayez épuisé la chaîne moutonneuse qui va toujours en s'amoindrissant.

Mais, cette chaîne épuisée, si vous faites un coude vers le midi, alors le paysage reprend du grandiose, alors vous apercevez une autre chaîne de montagnes plus élevées, de forme plus pittoresque, d'aspect plus riche; celle-là est tout empanachée de forêts, toute coupée de ruisseaux : avec l'ombre et l'eau, la vie renaît dans le paysage; on entend la cloche d'un ermitage; on voit serpenter une caravane au flanc de quelque montagne. Enfin aux derniers rayons du soleil, on distingue, comme une bande de blancs oiseaux appuyés les uns aux autres, les maisons de quelque village qui semblent s'être groupées pour se préserver de quelque attaque nocturne; car avec la vie est revenu le danger, et ce ne sont plus, comme dans les premiers monts que l'on a traversés, des bandes d'ours et de loups qu'il faut craindre, mais des hordes de brigands moldaves qu'il faut combattre.

Cependant nous approchions. Dix journées de marche s'étaient passées sans accident. Nous pouvions déjà apercevoir la cime du mont Pion, qui dépasse de la tête toute cette famille de géants, et sur le versant méridional duquel est situé le couvent de Sahastru, où je me rendais. Encore trois jours et nous étions arrivés.

Nous étions à la fin du mois de juillet, la journée avait été brûlante, et c'était avec une volupté sans pareille que vers quatre heures nous avions commencé d'aspirer les premières fraîcheurs du soir. Nous avions dépassé les tours en ruine de Niantzo. Nous descendions vers une plaine que nous commencions d'apercevoir à travers l'ouverture des montagnes. Nous pouvions déjà, d'où nous étions, suivre des yeux le cours de la Bistriza, aux rives émaillées de rouges affrines et de grandes campanules aux fleurs blanches. Nous côtoyions un précipice au fond duquel roulait la rivière, qui là n'était encore qu'un torrent. À peine nos montures avaient-elles un assez large espace pour marcher deux de front.

Notre guide nous précédait, couché de côté sur son cheval, chantant une chanson morlaque aux monotones modulations, et dont je suivais les paroles avec un singulier intérêt.

Le chanteur était en même temps le poète. Quant à l'air, il faudrait être un de ces hommes des montagnes, pour vous le redire dans toute sa sauvage tristesse, dans toute sa sombre simplicité.

En voici les paroles :

> *Dans le marais de Stavila,*
> *Où tant de sang guerrier coula,*
> *Voyez-vous ce cadavre-là ?*
> *Ce n'est point un fils d'Illyrie ;*
> *C'est un brigand plein de furie,*

Qui, trompant la douce Marie,
Extermina, trompa, brûla.

Une balle au cœur du brigand
A passé comme l'ouragan.
Dans sa gorge est un yatagan.
Mais depuis trois jours, ô mystère!
Sous le pin morne et solitaire,
Son sang tiède abreuve la terre
Et noircit le pâle Ovigan.

Ses yeux bleus pour jamais ont lui,
Fuyons tous, malheur à celui
Qui passe au marais près de lui,
C'est un vampire! Le loup fauve
Loin du cadavre impur se sauve,
Et sur la montagne au front chauve,
Le funèbre vautour a fui.

Tout à coup, la détonation d'une arme à feu se fit entendre, une balle siffla. La chanson s'interrompit, et le guide, frappé à mort, alla rouler au fond du précipice, tandis que son cheval s'arrêtait frémissant, en allongeant sa tête intelligente vers le fond de l'abîme où avait disparu son maître.

En même temps, un grand cri s'éleva, et nous vîmes se dresser aux flancs de la montagne une trentaine de bandits ; nous étions complètement entourés.

Chacun saisit son arme, et quoique pris à l'improviste, comme ceux qui m'accompagnaient étaient de vieux soldats habitués au feu, ils ne se laissèrent pas intimider et ripostèrent ; moi-même, donnant l'exemple, je saisis un pistolet, et, sentant le désavantage de la position, je criai : « En avant ! » et piquai mon cheval, qui s'emporta dans la direction de la plaine.

Mais nous avions affaire à des montagnards, bondissant de rochers en rochers comme de véritables démons des abîmes, faisant feu tout en bondissant, et gardant toujours sur notre flanc la position qu'ils avaient prise.

D'ailleurs, notre manœuvre avait été prévue. À un endroit où le chemin s'élargissait, où la montagne faisait un plateau, un jeune homme nous attendait à la tête d'une dizaine de gens à cheval ; en nous apercevant, ils mirent leurs montures au galop et vinrent nous heurter de front, tandis que ceux qui nous poursuivaient, se laissaient rouler des flancs de la montagne, et, nous ayant coupé la retraite, nous enveloppaient de tous côtés.

La situation était grave, et cependant, habituée dès mon enfance aux scènes de guerre, je pus l'envisager sans en perdre un détail.

Tous ces hommes, vêtus de peaux de mouton, portaient d'immenses chapeaux ronds couronnés de fleurs naturelles comme ceux des Hongrois. Ils avaient chacun à la main un long fusil turc, qu'ils agitaient après avoir tiré, en poussant des cris sauvages, et à la ceinture un sabre recourbé et une paire de pistolets.

Quant à leur chef, c'était un jeune homme de vingt-deux ans à peine, au teint pâle, aux longs yeux noirs, aux cheveux tombant bouclés sur ses épaules. Son costume se composait de la robe moldave garnie de fourrures et serrée à la taille par une écharpe à bandes d'or et de soie. Un sabre recourbé brillait à sa main, et quatre pistolets étincelaient à sa ceinture. Pendant le combat, il poussait des cris rauques et inarticulés qui semblaient ne point appartenir à la langue humaine, et qui cependant exprimaient ses volontés, car à ses cris ses hommes obéissaient, se jetant ventre à terre pour éviter les décharges de nos soldats, se relevant pour faire feu à leur tour, abattant ceux qui étaient debout encore, achevant les blessés et changeant enfin le combat en boucherie.

J'avais vu tomber l'un après l'autre les deux tiers de mes défenseurs. Quatre restaient encore debout, se serrant autour de moi, ne demandant pas une grâce qu'ils étaient certains de ne pas obtenir, et ne songeant qu'à une chose, à vendre leur vie le plus cher possible.

Alors le jeune chef jeta un cri plus expressif que les autres, en étendant la pointe de son sabre vers nous. Sans doute cet ordre était d'envelopper d'un cercle de feu ce dernier groupe, et de nous fusiller tous ensemble, car les longs mousquets moldaves s'abaissèrent d'un même mouvement. Je compris que notre dernière heure était venue. Je levai les yeux et les mains au ciel avec une dernière prière, et j'attendis la mort.

En ce moment je vis, non pas descendre, mais se précipiter, mais bondir de rocher en rocher, un jeune homme, qui s'arrêta, debout, sur une pierre dominant toute cette scène, pareil à une statue sur un piédestal, et qui, étendant la main sur le champ de bataille, ne prononça que ce seul mot :

— Assez !

À cette voix, tous les yeux se levèrent, chacun parut obéir à ce nouveau maître. Un seul bandit replaça son fusil à son épaule et lâcha le coup.

Un de nos hommes poussa un cri : la balle lui avait cassé le bras gauche.

Il se retourna aussitôt pour fondre sur l'homme qui l'avait blessé ; mais avant que son cheval n'eût fait quatre pas, un éclair brillait au-dessus de notre tête, et le bandit rebelle roulait, la tête fracassée par une balle.

Tant d'émotions diverses m'avaient conduite au bout de mes forces, je m'évanouis.

Quand je revins à moi, j'étais couchée sur l'herbe, la tête appuyée sur les genoux d'un homme dont je ne voyais que la main blanche et couverte de bagues, entourant ma taille, tandis que, devant moi, debout, les bras croisés, le sabre sous un de ses bras, se tenait le jeune chef moldave qui avait dirigé l'attaque contre nous.

— Kostaki, disait en français et d'un ton d'autorité celui qui me soutenait, vous allez à l'instant même faire retirer vos hommes et me laisser le soin de cette jeune femme.

— Mon frère, mon frère, répondit celui

auquel ces paroles étaient adressées et qui semblait se contenir avec peine ; mon frère, prenez garde de lasser ma patience, je vous laisse le château, laissez-moi la forêt. Au château, vous êtes le maître, mais ici je suis tout puissant. Ici, il me suffirait d'un mot pour vous forcer de m'obéir.

— Kostaki, je suis l'aîné, c'est vous dire que je suis le maître partout, dans la forêt comme au château, là-bas comme ici. Oh ! je suis du sang des Brancovan comme vous, sang royal qui a l'habitude de commander, et je commande.

— Vous commandez, vous, Grégoriska, à vos valets, oui ; à mes soldats, non.

— Vos soldats sont des brigands, Kostaki... des brigands que je ferai pendre aux créneaux de nos tours, s'ils ne m'obéissent pas à l'instant même.

— Eh bien ! essayez donc de leur commander.

Alors je sentis que celui qui me soutenait retirait son genou et posait doucement ma tête sur une pierre. Je le suivis du regard avec anxiété, et je pus voir le même jeune homme qui était tombé, pour ainsi dire, du ciel au milieu de la mêlée, et que je n'avais pu qu'entrevoir, m'étant évanouie au moment même où il avait parlé.

C'était un jeune homme de vingt-quatre ans, de haute taille, avec de grands yeux bleus dans lesquels on lisait une résolution et une fermeté singulières. Ses longs cheveux blonds, indice de la race slave, tombaient sur ses épaules comme ceux de l'archange Michel, encadrant des joues jeunes et fraîches ; ses lèvres étaient relevées par un sourire dédaigneux, et laissaient voir une double rangée de perles ; son regard était celui que croise l'aigle avec l'éclair. Il était vêtu d'une espèce de tunique en velours noir ; un petit bonnet pareil à celui de Raphaël, orné d'une plume d'aigle, couvrait sa tête ; il avait un pantalon collant et des bottes brodées. Sa taille était serrée par un ceinturon supportant un couteau de chasse ; il portait en bandoulière une petite carabine à deux coups, dont un des bandits avait pu apprécier la justesse.

Il étendit la main, et cette main étendue semblait commander à son frère lui-même.

Il prononça quelques mots en langue moldave.

Ces mots parurent faire une profonde impression sur les bandits.

Alors, dans la même langue, le jeune chef parla à son tour, et je devinai que ses paroles étaient mêlées de menaces et d'imprécations.

Mais à ce long et bouillant discours, l'aîné des deux frères ne répondit qu'un mot.

Les bandits s'inclinèrent.

Il fit un geste, les bandits se rangèrent derrière nous.

— Eh bien! soit, Grégoriska, dit Kostaki reprenant la langue française. Cette femme n'ira pas à la caverne, mais elle n'en sera pas moins à moi. Je la trouve belle, je l'ai conquise et je la veux.

Et en disant ces mots, il se jeta sur moi et m'enleva dans ses bras.

— Cette femme sera conduite au château et remise à ma mère, et je ne la quitterai pas d'ici là, répondit mon protecteur.

— Mon cheval! cria Kostaki en langue moldave.

Dix bandits se hâtèrent d'obéir, et amenèrent à leur maître le cheval qu'il demandait.

Grégoriska regarda autour de lui, saisit par la bride un cheval sans maître, et sauta dessus sans toucher les étriers.

Kostaki se mit presque aussi légèrement en selle que son frère, quoiqu'il me tînt encore entre ses bras, et partit au galop.

Le cheval de Grégoriska sembla avoir reçu la même impulsion, et vint coller sa tête et son flanc à la tête et au flanc du cheval de Kostaki.

C'était une chose curieuse à voir que ces deux cavaliers, volant côte à côte, sombres, silencieux, ne se perdant pas un seul instant de vue, sans avoir l'air de se regarder, s'abandonnant à leurs chevaux dont la course désespérée les emportait à travers les bois, les rochers et les précipices. Ma tête renversée me permettait de voir les beaux yeux de Grégoriska fixés sur les miens. Kostaki s'en aperçut, me releva la tête et je ne vis plus que son regard sombre qui me dévorait. Je baissai mes paupières, mais ce fut inutilement ; à travers leur voile, je continuais à voir ce regard lancinant qui pénétrait jusqu'au fond de ma poitrine et me perçait le cœur. Alors une étrange hallucination s'empara de moi ; il me sembla être la Lénore de la ballade de Bürger, emportée par le cheval et le cavalier fantômes, et lorsque je sentis que nous nous arrêtions, ce ne fut qu'avec terreur que j'ouvris les yeux, tant j'étais convaincue que je n'allais voir autour de moi que croix brisées et tombes ouvertes. Ce que je vis n'était guère plus gai : c'était la cour intérieure d'un château moldave, bâti au XIVe siècle.

II

LE CHÂTEAU DES BRANCOVAN

Kostaki me laissa glisser de ses bras à terre, et presque aussitôt descendit près de moi ; mais si rapide qu'eût été son mouvement, il n'avait fait que suivre celui de Grégoriska.

Comme l'avait dit Grégoriska, au château il était bien le maître.

En voyant arriver les deux jeunes gens et cette étrangère qu'ils amenaient, les domestiques accoururent ; mais, quoique les soins fussent partagés entre Kostaki et Grégoriska, on sentait que les plus grands égards, que les plus profonds respects étaient pour ce dernier.

Deux femmes s'approchèrent : Grégoriska leur donna un ordre en langue moldave, et me fit signe de la main de les suivre.

Il y avait tant de respect dans le regard qui accompagnait ce signe, que je n'hésitai point. Cinq minutes après, j'étais dans une chambre, qui, toute nue et toute inhabitable qu'elle eût paru à l'homme le moins difficile, était évidemment la plus belle du château.

C'était une grande pièce carrée, avec une espèce de divan de serge verte : siège le jour, lit la nuit. Cinq ou six grands fauteuils de chêne, un vaste bahut, et dans un des angles de cette chambre un dais pareil à une grande et magnifique stalle d'église.

De rideaux aux fenêtres, de rideaux au lit, il n'en était pas question.

On montait dans cette chambre par un escalier, où, dans des niches, se tenaient debout, plus grandes que nature, trois statues des Brancovan.

Dans cette chambre, au bout d'un instant, on monta les bagages, au milieu desquels se trouvaient mes malles. Les femmes m'offrirent leurs services. Mais tout en réparant le désordre que cet événement avait mis dans ma toilette, je conservai ma grande amazone, costume plus en harmonie avec celui de mes hôtes qu'aucun de ceux que j'eusse pu adopter.

À peine ces petits changements étaient-ils faits que j'entendis frapper doucement à ma porte.

— Entrez, dis-je naturellement en français, le français, vous le savez, étant pour nous autres Polonais une langue presque maternelle.

Grégoriska entra.

— Ah! madame, je suis heureux que vous parliez français.

— Et moi aussi, monsieur, lui répondis-je, je suis heureuse de parler cette langue, puisque j'ai pu, grâce à ce hasard, apprécier votre généreuse conduite vis-à-vis de moi. C'est dans cette langue que vous m'avez défendue contre les desseins de votre frère, c'est dans cette langue que je vous offre l'expression de ma bien sincère reconnaissance.

— Merci, madame. Il était tout simple

que je m'intéressasse à une femme, dans la position où vous vous trouviez. Je chassais dans la montagne, lorsque j'entendis des détonations irrégulières et continues ; je compris qu'il s'agissait de quelque attaque à main armée, et je marchai sur le feu, comme on dit en termes militaires. Je suis arrivé à temps, grâce au ciel ; mais me permettez-vous de m'informer, madame, par quel hasard une femme de distinction, comme vous êtes, s'était aventurée dans nos montagnes ?

— Je suis Polonaise, monsieur, lui répondis-je, mes deux frères viennent d'être tués dans la guerre contre la Russie ; mon père, que j'ai laissé prêt à défendre notre château contre l'ennemi, les a sans doute rejoints à cette heure, et moi, sur l'ordre de mon père, fuyant tous ces massacres, je venais chercher un refuge au monastère de Sahastru, où ma mère, dans sa jeunesse et dans des circonstances pareilles, avait trouvé un asile sûr.

— Vous êtes l'ennemie des Russes ? Alors tant mieux ! dit le jeune homme ; ce titre vous sera un auxiliaire puissant au château, et nous avons besoin de toutes nos forces pour soutenir la lutte qui se prépare. D'abord, puisque je sais qui vous êtes, sachez, vous, madame, qui nous sommes : le nom de Brancovan ne vous est point étranger, n'est-ce pas, madame ?

Je m'inclinai.

— Ma mère est la dernière princesse de ce nom, la dernière descendante de cet illustre chef que firent tuer les Cantimir, ces misérables courtisans de Pierre Ier. Ma mère épousa en premières noces mon père, Serban Waivady, prince comme elle, mais de race moins illustre.

Mon père avait été élevé à Vienne ; il avait pu y apprécier les avantages de la civilisation. Il résolut de faire de moi un Européen. Nous partîmes pour la France, l'Italie, l'Espagne et l'Allemagne.

Ma mère, (ce n'est pas à un fils, je le sais bien, de vous raconter ce que je vais vous dire ; mais comme, pour notre salut, il faut que vous nous connaissiez bien, vous apprécierez les causes de cette révélation), ma mère qui, pendant les premiers voyages de mon père, lorsque j'étais, moi, dans ma plus jeune enfance, avait eu des relations coupables avec un chef de partisans, c'est ainsi, ajouta Grégoriska en souriant, qu'on appelle dans ce pays les hommes qui vous ont attaquée, ma mère, dis-je, qui avait eu des relations coupables avec un comte Giordaki Koproli, moitié Grec, moitié Moldave, écrivit à mon père pour tout lui dire et lui demander le divorce ; s'appuyant, dans cette demande, sur ce qu'elle ne voulait pas, elle, une Brancovan, demeurer la femme d'un homme qui se faisait de jour en jour plus étranger à son pays. Hélas ! mon père n'eut pas besoin d'accorder son consentement à cette demande, qui peut vous paraître étrange à vous, mais qui, chez nous, est la chose la plus commune et la plus naturelle. Mon père venait de mourir d'un anévrisme dont il souffrait depuis longtemps, et ce fut moi qui reçus la lettre.

Je n'avais rien à faire, sinon des vœux bien sincères pour le bonheur de ma mère. Ces vœux, une lettre de moi les lui porta en lui annonçant qu'elle était veuve.

Cette même lettre lui demandait pour moi la permission de continuer mes voyages, permission qui me fut accordée.

Mon intention bien positive était de me fixer en France ou en Allemagne pour ne point me trouver en face d'un homme qui me détestait et que je ne pouvais aimer, c'est-à-dire du mari de ma mère, quand, tout à coup, j'appris que le comte Giordaki Koproli venait d'être assassiné, à ce que l'on disait, par les anciens Cosaques de mon père.

Je me hâtai de revenir, j'aimais ma mère ; je comprenais son isolement, son besoin d'avoir auprès d'elle, dans un pareil moment, les personnes qui pouvaient lui être chères. Sans qu'elle eût jamais eu pour moi un amour bien tendre, j'étais son fils. Je rentrai un matin sans être attendu dans le château de nos pères.

J'y trouvai un jeune homme, que je pris d'abord pour un étranger, et que je sus ensuite être mon frère.

C'était Kostaki, le fils de l'adultère, qu'un second mariage a légitimé, Kostaki, c'est-à-dire la créature indomptable que vous avez vue, dont les passions sont la seule loi, qui n'a rien de sacré en ce monde que sa mère, qui m'obéit comme le tigre obéit au bras qui l'a dompté, mais avec un éternel rugissement entretenu par le vague espoir de me dévorer un jour. Dans l'intérieur du château, dans la demeure des Brancovan et des Waivady, je suis encore le maître ; mais, une fois hors de cette enceinte, une fois en pleine campagne, il redevient le sauvage enfant des bois et des monts, qui veut tout faire ployer sous sa volonté de fer. Comment a-t-il cédé aujourd'hui, comment ses hommes ont-ils cédé ? Je n'en sais rien : une vieille habitude, un reste de respect. Mais je ne voudrais pas hasarder une nouvelle épreuve. Restez ici, ne quittez pas cette chambre, cette cour, l'intérieur des murailles enfin, je réponds de tout ; faites un pas hors du château, je ne réponds plus de rien que de me faire tuer pour vous défendre.

— Ne pourrais-je donc, selon les désirs de mon père, continuer ma route vers le couvent de Sahastru ?

— Faites, essayez, ordonnez, je vous accompagnerai ; mais moi, je resterai en route, et vous, vous... vous n'arriverez pas.

— Que faire alors ?

— Rester ici, attendre, prendre conseil des événements, profiter des circonstances. Supposez que vous êtes tombée dans un repaire de bandits, et que votre courage seul peut vous tirer d'affaire, que votre sang-froid seul peut vous sauver. Ma mère, malgré sa préférence pour Kostaki, le fils de son amour, est bonne et généreuse. D'ailleurs, c'est une Brancovan, c'est-à-dire une vraie princesse. Vous la verrez ; elle vous défendra des brutales passions de Kostaki. Mettez-vous sous sa protection ; vous êtes belle, elle vous aimera. D'ailleurs (il me regarda avec une expression indéfinissable), qui pourrait vous voir et ne pas vous aimer ? Venez maintenant dans la salle du souper, où elle nous attend. Ne montrez ni embarras ni défiance ; parlez en polonais : personne ne connaît cette langue ici ; je traduirai vos paroles à ma mère, et, soyez tranquille, je ne dirai que ce qu'il faudra dire. Surtout pas un mot sur ce que je viens de vous révéler ; qu'on ne se doute pas que nous nous entendons. Vous ignorez encore la ruse et la dissimulation du plus sincère entre nous. Venez.

Je le suivis dans cet escalier éclairé par des torches de résine brûlant à des mains de fer qui sortaient des murailles.

Il était évident que c'était pour moi qu'on avait fait cette illumination inaccoutumée.

Nous arrivâmes à la salle à manger.

Aussitôt que Grégoriska en eut ouvert la porte et eut, en moldave, prononcé un mot, que j'ai su depuis vouloir dire *l'étrangère*, une grande femme s'avança vers nous.

C'était la princesse Brancovan.

Elle portait ses cheveux blancs nattés autour de sa tête ; elle était coiffée d'un petit bonnet de martre zibeline, surmonté d'une aigrette, témoignage de son origine princière. Elle portait une espèce de tunique de drap d'or, au corsage semé de pierreries, recouvrant une longue robe d'étoffe turque, garnie de fourrure pareille à celle du bonnet.

Elle tenait à la main un chapelet à grains d'ambre qu'elle roulait très vite entre ses doigts.

À côté d'elle était Kostaki, portant le splendide et majestueux costume magyar, sous lequel il me sembla plus étrange encore.

C'étaient une robe de velours vert, à larges manches, tombant au-dessous du genou ; des pantalons de cachemire rouge, des babouches de maroquin brodées d'or ; sa tête était découverte, et ses longs cheveux, bleus à force d'être noirs, tombaient sur son cou nu, qu'accompagnait seulement le léger filet blanc d'une chemise de soie.

Il me salua gauchement, et prononça en moldave quelques paroles qui restèrent inintelligibles pour moi.

— Vous pouvez parler français, mon frère, dit Grégoriska, madame est Polonaise et entend cette langue.

Alors, Kostaki prononça en français quelques paroles presque aussi inintelligibles pour moi que celles qu'il avait prononcées en moldave; mais la mère, étendant gravement le bras, les interrompit. Il était évident pour moi qu'elle déclarait à ses fils que c'était à elle à me recevoir.

Alors elle commença en moldave un discours de bienvenue, auquel sa physionomie donnait un sens facile à expliquer. Elle me montra la table, m'offrit un siège près d'elle, désigna du geste la maison tout entière, comme pour me dire qu'elle était à moi; et s'asseyant la première avec une dignité bienveillante, elle fit un signe de croix, et commença une prière.

Alors chacun prit sa place, place fixée par l'étiquette : Grégoriska près de moi. J'étais l'étrangère, et par conséquent je créais une place d'honneur à Kostaki près de sa mère Smérande.

C'était ainsi que s'appelait la princesse.

Grégoriska lui aussi avait changé de costume. Il portait la tunique magyare comme son frère ; seulement cette tunique était de velours grenat et ses pantalons de cachemire bleu. Une magnifique décoration pendait à son cou : c'était le Nichan du sultan Mahmoud.

Le reste des commensaux de la maison soupait à la même table, chacun au rang que lui donnait sa position parmi les amis ou parmi les serviteurs.

Le souper fut triste ; pas une seule fois Kostaki ne m'adressa la parole, quoique son frère eût toujours l'attention de me parler en français. Quant à la mère, elle m'offrit de tout elle-même avec cet air solennel qui ne la quittait jamais. Grégoriska avait dit vrai, c'était une vraie princesse.

Après le souper, Grégoriska s'avança vers sa mère. Il lui expliqua en langue moldave le besoin que je devais avoir d'être seule, et combien le repos m'était nécessaire après les émotions d'une pareille journée. Smérande fit de la tête un signe d'approbation, me tendit la main, me baisa au front comme elle eût fait de sa fille, et me souhaita une bonne nuit dans son château.

Grégoriska ne s'était pas trompé : ce moment de solitude, je le désirais ardemment. Aussi remerciai-je la princesse, qui vint me reconduire jusqu'à la porte, où m'attendaient les deux femmes qui m'avaient déjà conduite dans ma chambre.

Je la saluai à mon tour, ainsi que ses deux fils, et rentrai dans ce même appartement, d'où j'étais sortie une heure auparavant.

Le sofa était devenu un lit. Voilà le seul changement qui s'y fût fait.

Je remerciai les femmes. Je leur fis signe que je me déshabillerais seule ; elles sortirent aussitôt avec des témoignages de respect qui indiquaient qu'elles avaient ordre de m'obéir en toutes choses.

Je restai dans cette chambre immense, dont ma lumière, en se déplaçant, n'éclairait que les parties que j'en parcourais, sans jamais pouvoir en éclairer l'ensemble. Singulier jeu de lumière, qui établissait une lutte entre la lueur de ma bougie et les rayons de la lune, qui passaient par ma fenêtre sans rideaux.

Outre la porte par laquelle j'étais entrée, et qui donnait sur l'escalier, deux autres portes s'ouvraient sur ma chambre ; mais d'énormes verrous, placés à ces portes, et qui se tiraient de mon côté, suffisaient pour me rassurer.

J'allai à la porte d'entrée que je visitai. Cette porte, comme les autres, avait ses moyens de défense.

J'ouvris ma fenêtre, elle donnait sur un précipice.

Je compris que Grégoriska avait fait de cette chambre un choix réfléchi.

Enfin, en revenant à mon sofa, je trouvai sur une table placée à mon chevet, un petit billet plié.

Je l'ouvris, et je lus en polonais :

« Dormez tranquille, vous n'avez rien à craindre tant que vous demeurerez dans l'intérieur du château.

GRÉGORISKA. »

Je suivis le conseil qui m'était donné, et la fatigue l'emportant sur mes préoccupations, je me couchai et je m'endormis.

III

LES DEUX FRÈRES

À dater de ce moment, je fus établie au château, et, à dater de ce moment, commença le drame que je vais vous raconter.

Les deux frères devinrent amoureux de moi, chacun avec les nuances de son caractère.

Kostaki, dès le lendemain, me dit qu'il m'aimait, déclara que je serais à lui et non à un autre, et qu'il me tuerait plutôt que de me laisser appartenir à qui que ce fût.

Grégoriska ne dit rien ; mais il m'entoura de soins et d'attentions. Toutes les ressources d'une éducation brillante, tous les souvenirs d'une jeunesse passée dans les plus nobles cours de l'Europe, furent employés pour me plaire. Hélas ! ce n'était pas difficile : au premier son de sa voix, j'avais senti que cette voix caressait mon âme ; au premier regard de ses yeux, j'avais senti que ce regard pénétrait jusqu'à mon cœur.

Au bout de trois mois, Kostaki m'avait cent fois répété qu'il m'aimait, et je le haïssais ; au bout de trois mois, Grégoriska ne m'avait pas encore dit un seul mot d'amour, et je sentais que lorsqu'il l'exigerait, je serais toute à lui.

Kostaki avait renoncé à ses courses. Il ne quittait plus le château. Il avait momentanément abdiqué en faveur d'une espèce de lieutenant, qui, de temps en temps, venait lui demander ses ordres et disparaissait.

Smérande aussi m'aimait d'une amitié passionnée, dont l'expression me faisait peur. Elle protégeait visiblement Kostaki, et semblait être plus jalouse de moi qu'il ne l'était lui-même. Seulement, comme elle n'entendait ni le polonais ni le français, et que moi je n'entendais pas le moldave, elle ne pouvait faire près de moi des instances bien pressantes en faveur de son fils ; mais elle avait appris à dire en français trois mots qu'elle me répétait chaque fois que ses lèvres se posaient sur mon front :

— Kostaki aime Hedwige.

Un jour j'appris une nouvelle terrible et qui venait mettre le comble à mes malheurs : la liberté avait été rendue à ces quatre hommes qui avaient survécu au combat ; ils étaient repartis pour la Pologne, en engageant leur parole que l'un d'eux reviendrait avant trois mois me donner des nouvelles de mon père.

L'un d'eux reparut, en effet, un matin. Notre château avait été pris, brûlé et rasé, et mon père s'était fait tuer en le défendant.

J'étais désormais seule au monde.

Kostaki redoubla d'instances, et Smérande de tendresse ; mais cette fois je prétextai le deuil de mon père. Kostaki insista, disant que plus j'étais isolée, plus j'avais besoin d'un soutien ; sa mère insista, comme et avec lui, plus que lui peut-être.

Grégoriska m'avait parlé de cette puissance que les Moldaves ont sur eux-mêmes, lorsqu'ils ne veulent pas laisser lire dans leurs sentiments. Il en était, lui, un vivant exemple. Il était impossible d'être plus certaine de l'amour d'un homme que je ne l'étais du sien, et cependant si l'on m'eût demandé sur quelle preuve reposait cette certitude, il m'eût été impossible de le dire ; nul dans le château n'avait vu sa main toucher la mienne, ses yeux chercher les miens. La jalousie seule pouvait éclairer Kostaki sur cette rivalité, comme mon amour seul pouvait m'éclairer sur cet amour.

Cependant, je l'avoue, cette puissance de Grégoriska sur lui-même m'inquiétait. Je croyais, certainement, mais ce n'était pas assez, j'avais besoin d'être convaincue, lorsqu'un soir, comme je venais de rentrer dans ma chambre, j'entendis frapper doucement à l'une de ces deux portes que j'ai désignées comme fermant en dedans ; à la manière dont on frappait, je devinai que cet appel était

celui d'un ami. Je m'approchai et je demandai qui était là.

— Grégoriska! répondit une voix à l'accent de laquelle il n'y avait pas de danger
que je me trompasse.

— Que me voulez-vous? lui demandai-je
toute tremblante.

— Si vous avez confiance en moi, dit
Grégoriska, si vous me croyez un homme
d'honneur, accordez-moi ma demande.

— Quelle est-elle?

— Éteignez votre lumière comme si vous
étiez couchée, et, dans une demi-heure,
ouvrez-moi votre porte.

— Revenez dans une demi-heure, fut ma
seule réponse.

J'éteignis ma lumière et j'attendis.

Mon cœur battait avec violence, car je
comprenais qu'il s'agissait de quelque événement important.

La demi-heure s'écoula; j'entendis frapper plus doucement encore que la première

fois. Pendant l'intervalle, j'avais tiré les verrous ; je n'eus donc qu'à ouvrir la porte.

Grégoriska entra, et sans même qu'il me le dît, je repoussai la porte derrière lui et fermai les verrous.

Il resta un moment muet et immobile, m'imposant silence du geste. Puis, lorsqu'il se fut assuré que nul danger urgent ne nous menaçait, il m'emmena au milieu de la vaste chambre, et sentant à mon tremblement que je ne saurais rester debout, il alla me chercher une chaise.

Je m'assis, ou plutôt je me laissai tomber sur cette chaise.

— Oh ! mon Dieu, lui dis-je, qu'y a-t-il donc, et pourquoi tant de précautions ?

— Parce que ma vie, ce qui ne serait rien, parce que la vôtre peut-être aussi, dépendent de la conversation que nous allons avoir.

Je lui saisis la main, tout effrayée.

Il porta ma main à ses lèvres, tout en me regardant pour me demander pardon d'une pareille audace.

Je baissai les yeux : c'était consentir.

— Je vous aime, me dit-il de sa voix mélodieuse comme un chant ; m'aimez-vous ?

— Oui, lui répondis-je.

— Consentiriez-vous à être ma femme ?

— Oui.

Il passa la main sur son front avec une profonde aspiration de bonheur.

— Alors, vous ne refuserez pas de me suivre ?

— Je vous suivrai partout !

— Car vous comprenez, continua-t-il, que nous ne pouvons être heureux qu'en fuyant.

— Oh oui ! m'écriai-je, fuyons.

— Silence ! fit-il en tressaillant ; silence !

— Vous avez raison.

Et je me rapprochai toute tremblante de lui.

— Voici ce que j'ai fait, me dit-il ; voici ce qui fait que j'ai été si longtemps sans vous avouer que je vous aimais : c'est que je voulais, une fois sûr de votre amour, que rien ne pût s'opposer à notre union. Je suis riche,

Hedwige, immensément riche, mais à la façon des seigneurs moldaves : riche de terres, de troupeaux, de serfs. Eh bien ! j'ai vendu au monastère de Hango, pour un million de terres, de troupeaux, de villages. Ils m'ont donné pour trois cent mille francs de pierreries, pour cent mille francs d'or, le reste en lettres de change sur Vienne. Un million vous suffira-t-il ?

Je lui serrai la main.

— Votre amour m'eût suffi, Grégoriska, jugez.

— Eh bien ! écoutez. Demain je vais au monastère de Hango pour prendre mes derniers arrangements avec le supérieur. Il me tient des chevaux prêts ; ces chevaux nous attendront à partir de neuf heures, cachés à cent pas du château. Après souper, vous remontez comme aujourd'hui ; comme aujourd'hui vous éteignez votre lumière ; comme aujourd'hui j'entre chez vous. Mais demain, au lieu d'en sortir seul, vous me suivez, nous gagnons la porte qui donne sur la campagne, nous trouvons nos chevaux, nous nous élançons dessus, et après-demain au jour nous avons fait trente lieues.

— Que ne sommes-nous à après-demain !

— Chère Hedwige !

Grégoriska me serra contre son cœur ; nos lèvres se rencontrèrent. Oh ! il l'avait bien dit ; c'était un homme d'honneur à qui j'avais ouvert la porte de ma chambre ; mais il le comprit bien : si je ne lui appartenais pas de corps, je lui appartenais d'âme.

La nuit s'écoula sans que je pusse dormir un seul instant. Je me voyais fuyant avec Grégoriska ; je me sentais emportée par lui comme je l'avais été par Kostaki ; seulement, cette fois, cette course terrible, effrayante, funèbre, se changeait en une douce et ravissante étreinte à laquelle la vitesse ajoutait la volupté, car la vitesse a aussi une volupté à elle.

Le jour vint. Je descendis. Il me sembla qu'il y avait quelque chose de plus sombre encore qu'à l'ordinaire dans la façon dont

Kostaki me salua. Son sourire n'était même plus une ironie, c'était une menace. Quant à Smérande, elle me parut la même que d'habitude.

Pendant le déjeuner, Grégoriska ordonna ses chevaux. Kostaki ne parut faire aucune attention à cet ordre.

Vers onze heures, il nous salua, annonçant son retour pour le soir seulement, et priant sa mère de ne pas l'attendre à dîner ; puis, se retournant vers moi, il me pria, à mon tour, d'agréer ses excuses.

Il sortit. L'œil de son frère le suivit jusqu'au moment où il quitta la chambre, et, en ce moment, il jaillit de cet œil un tel éclair de haine, que je frissonnai.

La journée s'écoula au milieu de transes que vous pouvez concevoir. Je n'avais fait confidence de nos projets à personne ; à peine même, dans mes prières, si j'avais osé en parler à Dieu ; il me semblait que ces projets étaient connus de tout le monde et que chaque regard qui se fixait sur moi pouvait pénétrer et lire au fond de mon cœur.

Le dîner fut un supplice : sombre et taciturne, Kostaki parlait rarement ; cette fois il se contenta d'adresser deux ou trois fois la parole en moldave à sa mère, et chaque fois l'accent de sa voix me fit tressaillir.

Quand je me levai pour remonter à ma chambre, Smérande, comme d'habitude, m'embrassa, et, en m'embrassant, elle me dit cette phrase que, depuis huit jours, je n'avais point entendue sortir de sa bouche :

— Kostaki aime Hedwige !

Cette phrase me poursuivit comme une menace ; une fois dans ma chambre, il me semblait qu'une voix fatale murmurait à mon oreille :

« Kostaki aime Hedwige ! »

Or, l'amour de Kostaki, Grégoriska me l'avait dit, c'était la mort.

Vers sept heures du soir, et comme le jour commençait à baisser, je vis Kostaki traverser la cour. Il se retourna pour regarder de mon côté, mais je me rejetai en arrière, afin qu'il ne pût me voir.

J'étais inquiète, car aussi longtemps que la position de ma fenêtre m'avait permis de le suivre, je l'avais vu se dirigeant vers les écuries. Je me hasardai à tirer les verrous de ma porte, et à me glisser dans la chambre voisine, d'où je pouvais voir tout ce qu'il allait faire.

En effet, il se rendait aux écuries. Il en fit sortir alors lui-même son cheval favori, le sella de ses propres mains et avec le soin d'un homme qui attache la plus grande importance aux moindres détails. Il avait le même costume sous lequel il m'était apparu pour la première fois. Seulement, pour toute arme, il portait son sabre.

Son cheval sellé, il jeta les yeux encore une fois sur la fenêtre de ma chambre. Puis, ne me voyant pas, il sauta en selle, se fit ouvrir la même porte par laquelle était sorti et par laquelle devait rentrer son frère, et s'éloigna au galop, dans la direction du monastère de Hango.

Alors mon cœur se serra d'une façon terrible ; un pressentiment fatal me disait que Kostaki allait au-devant de son frère.

Je restai à cette fenêtre tant que je pus distinguer cette route, qui, à un quart de lieue du château, faisait un coude, et se perdait dans le commencement d'une forêt. Mais la nuit descendit à chaque instant plus épaisse, la route finit par s'effacer tout à fait. Je restais encore. Enfin mon inquiétude, par son excès même, me rendit ma force, et comme c'était évidemment dans la salle d'en bas que je devais avoir les premières nouvelles de l'un ou de l'autre des deux frères, je descendis.

Mon premier regard fut pour Smérande. Je vis, au calme de son visage, qu'elle ne ressentait aucune appréhension ; elle donnait ses ordres pour le souper habituel, et les couverts des deux frères étaient à leur place.

Je n'osais interroger personne. D'ailleurs qui eussé-je interrogé ? Personne au château, excepté Kostaki et Grégoriska, ne parlait aucune des deux seules langues que je parlasse.

Au moindre bruit je tressaillais.

C'était à neuf heures ordinairement que l'on se mettait à table pour le souper. J'étais descendue à huit heures et demie ; je suivais des yeux l'aiguille des minutes, dont la marche était presque visible sur le vaste cadran de l'horloge.

L'aiguille voyageuse franchit la distance qui la séparait du quart. Le quart sonna. La vibration retentit sombre et triste ; puis l'aiguille reprit sa marche silencieuse, et je la vis de nouveau parcourir la distance avec la régularité et la lenteur d'une pointe de compas.

Quelques minutes avant neuf heures, il me sembla entendre le galop d'un cheval dans la cour. Smérande l'entendit aussi, car elle tourna la tête du côté de la fenêtre ; mais la nuit était trop épaisse pour qu'elle pût voir.

Oh ! si elle m'eût regardée en ce moment,

comme elle eût pu deviner ce qui se passait dans mon cœur! On n'avait entendu que le trot d'un seul cheval, et c'était tout simple. Je savais bien, moi, qu'il ne reviendrait qu'un seul cavalier.

Mais lequel?

Des pas résonnèrent dans l'antichambre. Ces pas étaient lents et semblaient pleins d'hésitation; chacun de ces pas semblait peser sur mon cœur.

La porte s'ouvrit, je vis dans l'obscurité se dessiner une ombre. Cette ombre s'arrêta un moment sur la porte. Mon cœur était suspendu.

L'ombre s'avança, et, au fur et à mesure qu'elle entrait dans le cercle de lumière, je respirais.

Je reconnus Grégoriska. Un instant de doute de plus, et mon cœur se brisait.

Je reconnus Grégoriska, mais pâle comme un mort. Rien qu'à le voir, on devinait que quelque chose de terrible venait de se passer.

— Est-ce toi, Kostaki? demanda Smérande.

— Non, ma mère, répondit Grégoriska d'une voix sourde.

— Ah! vous voilà, dit-elle; et depuis quand votre mère doit-elle vous attendre?

— Ma mère, dit Grégoriska en jetant un coup d'œil sur la pendule, il n'est que neuf heures.

Et en même temps, en effet, neuf heures sonnèrent.

— C'est vrai, dit Smérande. Où est votre frère?

Malgré moi, je songeai que c'était la même question que Dieu avait faite à Caïn.

Grégoriska ne répondit point.

— Personne n'a-t-il vu Kostaki? demanda Smérande.

Le vatar, ou majordome, s'informa autour de lui.

— Vers les sept heures, dit-il, le comte a été aux écuries, a sellé son cheval lui-même, et est parti par la route de Hango.

En ce moment, mes yeux rencontrèrent les yeux de Grégoriska. Je ne sais si c'était une réalité ou une hallucination, il me sembla qu'il avait une goutte de sang au milieu du front.

Je portai lentement mon doigt à mon propre front, indiquant l'endroit où je croyais voir cette tache.

Grégoriska me comprit ; il prit son mouchoir et s'essuya.

— Oui, oui, murmura Smérande, il aura rencontré quelque ours, quelque loup, qu'il se sera amusé à poursuivre. Voilà pourquoi un enfant fait attendre sa mère. Où l'avez-vous laissé, Grégoriska ? dites.

— Ma mère, répondit Grégoriska d'une voix émue, mais assurée, mon frère et moi ne sommes pas sortis ensemble.

— C'est bien ! dit Smérande. Que l'on serve, que l'on se mette à table et que l'on ferme les portes ; ceux qui seront dehors coucheront dehors.

Les deux premières parties de cet ordre

furent exécutées à la lettre : Smérande prit sa place, Grégoriska s'assit à sa droite, et moi à sa gauche.

Puis les serviteurs sortirent pour accomplir la troisième, c'est-à-dire pour fermer les portes du château.

En ce moment on entendit un grand bruit dans la cour, et un valet tout effaré entra dans la salle en disant :

— Princesse, le cheval du comte Kostaki vient de rentrer dans la cour, seul, et tout couvert de sang.

— Oh ! murmura Smérande en se dressant pâle et menaçante, c'est ainsi qu'est rentré un soir le cheval de son père.

Je jetai les yeux sur Grégoriska : il n'était plus pâle, il était livide.

En effet, le cheval du comte Koproli était rentré un soir dans la cour du château, tout couvert de sang, et, une heure après, les serviteurs avaient retrouvé et rapporté le corps couvert de blessures.

Smérande prit une torche des mains d'un

des valets, s'avança vers la porte, l'ouvrit et descendit dans la cour.

Le cheval, tout effaré, était contenu malgré lui par trois ou quatre serviteurs qui unissaient leurs efforts pour l'apaiser.

Smérande s'avança vers l'animal, regarda le sang qui tachait sa selle, et reconnut une blessure au haut de son front.

— Kostaki a été tué en face, dit-elle, en duel et par un seul ennemi. Cherchez son corps, enfants, plus tard nous chercherons son meurtrier.

Comme le cheval était rentré par la porte de Hango, tous les serviteurs se précipitèrent par cette porte, et on vit leurs torches s'égarer dans la campagne et s'enfoncer dans la forêt, comme dans un beau soir d'été on voit scintiller les lucioles dans les plaines de Nice et de Pise.

Smérande, comme si elle eût été convaincue que la recherche ne serait pas longue, attendit debout à la porte. Pas une larme ne coulait des yeux de cette mère désolée, et cependant on sentait gronder le désespoir au fond de son cœur.

Grégoriska se tenait derrière elle, et j'étais près de Grégoriska.

Il avait un instant, en quittant la salle, eu l'intention de m'offrir le bras, mais il n'avait point osé.

Au bout d'un quart d'heure à peu près, on vit au tournant du chemin reparaître une torche, puis deux, puis toutes les torches.

Seulement cette fois, au lieu de s'éparpiller dans la campagne, elles étaient massées autour d'un centre commun.

Ce centre commun, on put bientôt voir qu'il se composait d'une litière et d'un homme étendu sur cette litière.

La funèbre cortège s'avançait lentement, mais il s'avançait. Au bout de dix minutes, il fut à la porte. En apercevant la mère vivante qui attendait le fils mort, ceux qui le portaient se découvrirent instinctivement, puis ils rentrèrent silencieux dans la cour.

Smérande se mit à leur suite, et nous,

nous suivîmes Smérande. On atteignit ainsi la grande salle, dans laquelle on déposa le corps.

Alors, faisant un geste de suprême majesté, Smérande écarta tout le monde, et s'approchant du cadavre, elle mit un genou en terre devant lui, écarta les cheveux qui faisaient un voile à son visage, le contempla longtemps, les yeux toujours secs. Puis ouvrant la robe moldave, elle écarta la chemise souillée de sang.

Cette blessure était au côté droit de la poitrine. Elle avait dû être faite par une lame droite et coupante des deux côtés.

Je me rappelai avoir vu le jour même, au côté de Grégoriska, le long couteau de chasse qui servait de baïonnette à sa carabine.

Je cherchai à son côté cette arme ; mais elle avait disparu.

Smérande demanda de l'eau, trempa son mouchoir dans cette eau, et lava la plaie.

Un sang frais et pur vint rougir les lèvres de la blessure.

Le spectacle que j'avais sous les yeux présentait quelque chose d'atroce et de sublime à la fois. Cette vaste chambre, enfumée par les torches de résine, ces visages barbares, ces yeux brillants de férocité, ces costumes étranges, cette mère qui calculait, à la vue du sang encore chaud, depuis combien de temps la mort lui avait pris son fils, ce grand silence, interrompu seulement par les sanglots de ces brigands, dont Kostaki était le chef, tout cela, je le répète, était atroce et sublime à voir.

Enfin Smérande approcha ses lèvres du front de son fils, puis, se relevant, puis rejetant en arrière les longues nattes de ses cheveux blancs qui s'étaient déroulées :

— Grégoriska ? dit-elle.

Grégoriska tressaillit, secoua la tête, et, sortant de son atonie :

— Ma mère ? répondit-il.

— Venez ici, mon fils, et écoutez-moi.

Grégoriska obéit en frémissant, mais il obéit.

À mesure qu'il approchait du corps, le sang, plus abondant et plus vermeil, sortait de la blessure. Heureusement Smérande ne regardait plus de ce côté, car, à la vue de ce sang accusateur, elle n'eût plus eu besoin de chercher qui était le meurtrier.

— Grégoriska, dit-elle, je sais bien que Kostaki et toi vous ne vous aimiez point. Je sais bien que tu es Waivady par ton père, et lui Koproli par le sien ; mais, par votre mère, vous étiez tous deux des Brancovan. Je sais que toi tu es un homme des villes d'Occident, et lui un enfant des montagnes orientales ; mais enfin, par le ventre qui vous a portés tous deux, vous êtes frères. Eh bien ! Grégoriska, je veux savoir si nous allons porter mon fils auprès de son père sans que le serment ait été prononcé, si je puis pleurer tranquille enfin, comme une femme, me reposant sur vous, c'est-à-dire sur un homme, de la punition ?

— Nommez-moi le meurtrier de mon frère, madame, et ordonnez ; je vous jure qu'avant une heure, si vous l'exigez, il aura cessé de vivre.

— Jurez toujours, Grégoriska, jurez, sous peine de ma malédiction, entendez-vous, mon fils ? jurez que le meurtrier mourra, que vous ne laisserez pas pierre sur pierre de sa maison ; que sa mère, ses enfants, ses frères, sa femme ou sa fiancée périront de votre main. Jurez, et, en jurant, appelez sur vous la colère du ciel si vous manquez à ce serment sacré. Si vous manquez à ce serment sacré, soumettez-vous à la misère, à l'exécration de vos amis, à la malédiction de votre mère !

Grégoriska étendit la main sur le cadavre.

— Je jure que le meurtrier mourra ! dit-il.

À ce serment étrange et dont moi et le mort, peut-être, pouvions seuls comprendre le véritable sens, je vis ou je crus voir s'accomplir un effroyable prodige. Les yeux du cadavre se rouvrirent et s'attachèrent sur moi plus vivants que je ne les avais jamais vus, et je sentis, comme si ce double rayon eût été palpable, pénétrer un fer brûlant jusqu'à mon cœur.

C'était plus que je n'en pouvais supporter ; je m'évanouis.

IV

LE MONASTÈRE DE HANGO

Quand je me réveillai, j'étais dans ma chambre, couchée sur mon lit ; une des deux femmes veillait près de moi.

Je demandai où était Smérande ; on me répondit qu'elle veillait près du corps de son fils.

Je demandai où était Grégoriska ; on me répondit qu'il était au monastère de Hango.

Il n'était plus question de fuite. Kostaki n'était-il pas mort ? Il n'était plus question de mariage. Pouvais-je épouser le fratricide ?

Trois jours et trois nuits s'écoulèrent ainsi au milieu de rêves étranges. Dans ma veille ou dans mon sommeil, je voyais toujours ces deux yeux vivants au milieu de ce visage mort : c'était une vision horrible.

C'était le troisième jour que devait avoir lieu l'enterrement de Kostaki. Le matin de ce jour on m'apporta de la part de Smérande un costume complet de veuve. Je m'habillai et je descendis.

La maison semblait vide ; tout le monde était à la chapelle.

Je m'acheminai vers le lieu de la réunion. Au moment où j'en franchis le seuil, Smérande, que je n'avais pas vue depuis trois jours, vint à moi.

Elle semblait une statue de la Douleur. D'un mouvement lent comme celui d'une statue, elle posa ses lèvres glacées sur mon front, et, d'une voix qui semblait déjà sortir de la tombe, elle prononça ces paroles habituelles :

— Kostaki vous aime.

Vous ne pouvez vous faire une idée de l'effet que produisirent sur moi ces paroles. Cette protestation d'amour faite au présent, au lieu d'être faite au passé ; ce *vous aime*, au lieu de *vous aimait* ; cet amour d'outre-tombe, qui venait chercher dans la vie, produisit sur moi une impression terrible.

En même temps un étrange sentiment s'emparait de moi, comme si j'eusse été en effet la femme de celui qui était mort, et non la fiancée de celui qui était vivant. Ce cercueil m'attirait à lui, malgré moi, douloureusement, comme on dit que le serpent attire l'oiseau qu'il fascine. Je cherchai des yeux Grégoriska ; je l'aperçus, pâle et debout contre une colonne ; ses yeux étaient au ciel. Je ne puis dire s'il me vit.

Les moines du couvent de Hango entouraient le corps en chantant des psalmodies du rite grec, quelquefois si harmonieuses, plus souvent si monotones. Je voulais prier aussi, moi, mais la prière expirait sur mes lèvres ; mon esprit était tellement bouleversé qu'il me semblait bien plutôt assister à un consistoire de démons qu'à une réunion de prêtres.

Au moment où l'on enleva le corps, je voulus le suivre, mais mes forces s'y refusèrent. Je sentis mes jambes craquer sous moi, et je m'appuyai à la porte. Alors Smérande vint à moi, et fit un signe à Grégoriska.

Grégoriska obéit, et s'approcha.

Alors Smérande m'adressa la parole en langue moldave.

— Ma mère m'ordonne de vous répéter mot pour mot ce qu'elle va dire, fit Grégoriska.

Alors Smérande parla de nouveau; quand elle eut fini :

— Voici les paroles de ma mère, dit-il : « Vous pleurez mon fils, Hedwige, vous l'aimiez, n'est-ce pas ? Je vous remercie de vos larmes et de votre amour; désormais vous êtes autant ma fille que si Kostaki eût été votre époux; vous avez désormais une patrie, une mère, une famille. Répandons la somme de larmes que l'on doit aux morts, puis ensuite redevenons toutes deux dignes de celui qui n'est plus…, moi sa mère, vous sa femme ! Adieu, rentrez chez vous ; moi, je vais suivre mon fils jusqu'à sa dernière demeure ; à mon retour, je m'enfermerai avec ma douleur, et vous ne me verrez que lorsque je l'aurai vaincue ; soyez tranquille, je la tuerai, car je ne veux pas qu'elle me tue. »

Je ne pus répondre à ces paroles de Smérande, traduites par Grégoriska, que par un gémissement.

Je remontai dans ma chambre, le convoi s'éloigna. Je le vis disparaître à l'angle du chemin. Le couvent de Hango n'était qu'à une demi-lieue du château, en droite ligne ; mais les obstacles du sol forçaient la route de dévier, et, en suivant la route, il s'éloignait de près de deux heures.

Nous étions au mois de novembre. Les journées étaient redevenues froides et courtes. À cinq heures du soir, il faisait nuit close.

Vers sept heures, je vis reparaître des torches. C'était le cortège funèbre qui rentrait. Le cadavre reposait dans le tombeau de ses pères. Tout était dit.

Je vous ai dit à quelle obsession étrange je vivais en proie depuis le fatal événement qui nous avait tous habillés de deuil, et surtout depuis que j'avais vu se rouvrir et se fixer sur moi les yeux que la mort avait fermés. Ce soir-là, accablée par les émotions de la journée, j'étais plus triste encore. J'écoutais sonner les différentes heures à l'horloge du château, et je m'attristais au fur et à mesure que le temps envolé me rapprochait de l'instant où Kostaki avait dû mourir.

J'entendis sonner neuf heures moins un quart.

Alors une étrange sensation s'empara de moi. C'était une terreur frissonnante qui courait par tout mon corps, et le glaçait ; puis avec cette terreur, quelque chose comme un sommeil invincible qui alourdissait mes sens ; ma poitrine s'oppressa, mes yeux se voilèrent, j'étendis les bras, et j'allai à reculons tomber sur mon lit.

Cependant mes sens n'avaient pas tellement disparu que je ne pusse entendre comme un pas qui s'approchait de ma porte ; puis il me sembla que ma porte s'ouvrait. Puis je ne vis et n'entendis plus rien.

Seulement je sentis une vive douleur au cou.

Après quoi je tombai dans une léthargie complète.

À minuit je me réveillai, ma lampe brûlait encore ; je voulus me lever, mais j'étais si faible, qu'il me fallut m'y reprendre à deux fois. Cependant je vainquis cette faiblesse, et comme, éveillée, j'éprouvais au cou la même douleur que j'avais éprouvée dans mon sommeil, je me traînai, en m'appuyant contre la muraille, jusqu'à la glace et je regardai.

Quelque chose de pareil à une piqûre d'épingle marquait l'artère de mon cou.

Je pensai que quelque insecte m'avait mordue pendant mon sommeil, et, comme j'étais écrasée de fatigue, je me couchai et je m'endormis.

Le lendemain, je me réveillai comme d'habitude. Comme d'habitude, je voulus me lever aussitôt que mes yeux furent ouverts ; mais j'éprouvai une faiblesse que je n'avais éprouvée encore qu'une seule fois dans ma vie, le lendemain d'un jour où j'avais été saignée.

Je m'approchai de ma glace, et je fus frappée de ma pâleur.

La journée se passa triste et sombre ; j'éprouvais une chose étrange ; où j'étais, j'avais le besoin de rester, tout déplacement était une fatigue.

La nuit vint, on m'apporta ma lampe ; mes femmes, je le compris du moins à leurs gestes, m'offraient de rester près de moi. Je les remerciai : elles sortirent.

À la même heure que la veille, j'éprouvai les mêmes symptômes. Je voulus me lever alors, et appeler du secours ; mais je ne pus aller jusqu'à la porte. J'entendis vaguement le timbre de l'horloge sonnant neuf heures moins un quart, les pas résonnèrent, la porte s'ouvrit ; mais je ne voyais, je n'entendais plus rien ; comme la veille, j'étais allée tomber renversée sur mon lit.

Comme la veille, j'éprouvai une douleur aiguë au même endroit.

Comme la veille, je me réveillai à minuit ; seulement, je me réveillai plus faible et plus pâle que la veille.

Le lendemain encore l'horrible obsession se renouvela.

J'étais décidée à descendre près de Smérande, si faible que je fusse, lorsqu'une de mes femmes entra dans ma chambre et prononça le nom de Grégoriska.

Grégoriska venait derrière elle.

Je voulus me lever pour le recevoir ; mais je retombai sur mon fauteuil.

Il jeta un cri en m'apercevant, et voulut s'élancer vers moi ; mais j'eus la force d'étendre le bras vers lui.

— Que venez-vous faire ici ? lui demandai-je.

— Hélas ! dit-il, je venais vous dire adieu ! je venais vous dire que je quitte ce monde qui m'est insupportable sans votre amour et sans votre présence ; je venais vous dire que je me retire au monastère de Hango.

— Ma présence vous est ôtée, Grégoriska, lui répondis-je, mais non mon amour. Hélas ! je vous aime toujours, et ma grande douleur, c'est que désormais cet amour soit presque un crime.

— Alors, je puis espérer que vous prierez pour moi, Hedwige ?

— Oui ; seulement je ne prierai pas longtemps, ajoutai-je avec un sourire.

— Qu'avez-vous donc, en effet, et pourquoi êtes-vous si pâle ?

— J'ai…, que Dieu prend pitié de moi, sans doute, et qu'il m'appelle à lui !

Grégoriska s'approcha de moi, me prit une main que je n'eus pas la force de lui retirer, et, me regardant fixement :

— Cette pâleur n'est point naturelle, Hedwige ; d'où vient-elle ? dites.

— Si je vous le disais, Grégoriska, vous croiriez que je suis folle.

— Non, non, dites, Hedwige, je vous en supplie ; nous sommes ici dans un pays qui ne ressemble à aucun autre pays, dans une famille qui ne ressemble à aucune autre famille. Dites, dites tout, je vous en supplie.

Je lui racontai tout : cette étrange hallucination, qui me prenait à cette heure où Kostaki avait dû mourir ; cette terreur, cet engourdissement, ce froid de glace, cette prostration qui me couchait sur mon lit, ce bruit de pas que je croyais entendre, cette porte que je croyais voir s'ouvrir, enfin cette douleur aiguë suivie d'une pâleur et d'une faiblesse sans cesse croissantes.

J'avais cru que mon récit paraîtrait à Grégoriska un commencement de folie, et je l'achevais avec une certaine timidité, quand au contraire je vis qu'il prêtait à ce récit une attention profonde.

Après que j'eus cessé de parler, il réfléchit un instant.

— Ainsi, demanda-t-il, vous vous endormez chaque soir à neuf heures moins un quart ?

— Oui, quelque effort que je fasse pour résister au sommeil.

— Ainsi vous croyez voir s'ouvrir votre porte ?

— Oui, quoique je la ferme au verrou.

— Ainsi vous ressentez une douleur aiguë au cou ?

— Oui, quoique à peine mon cou conserve la trace d'une blessure.

— Voulez-vous permettre que je voie ? dit-il.

Je renversai ma tête sur mon épaule.

Il examina cette cicatrice.

— Hedwige, dit-il après un instant, avez-vous confiance en moi ?

— Vous le demandez ? répondis-je.

— Croyez-vous en ma parole ?

— Comme je crois aux saints évangiles.

— Eh bien ! Hedwige, sur ma parole, je vous jure que vous n'avez pas huit jours à vivre, si vous ne consentez pas à faire, aujour-d'hui même, ce que je vais vous dire.

— Et si j'y consens?

— Si vous y consentez, vous serez sauvée, peut-être.

— Peut-être?

Il se tut.

— Quoi qu'il doive arriver, Grégoriska, repris-je, je ferai ce que vous m'ordonnerez de faire.

— Eh bien! écoutez, dit-il, et surtout ne vous effrayez pas. Dans votre pays, comme en Hongrie, comme dans notre Roumanie, il existe une tradition.

Je frissonnai, car cette tradition m'était revenue à la mémoire.

— Ah! dit-il, vous savez ce que je veux dire?

— Oui, répondis-je, j'ai vu en Pologne des personnes soumises à cette horrible fatalité.

— Vous voulez parler des vampires, n'est-ce pas?

— Oui, dans mon enfance j'ai vu déter-

rer dans le cimetière d'un village apparte-
nant à mon père quarante personnes, mortes
en quinze jours, sans que l'on pût deviner la
cause de leur mort. Parmi ces morts, dix-
sept ont donné tous les signes du vampi-
risme, c'est-à-dire qu'on les a retrouvés frais,
vermeils, et pareils à des vivants, les autres
étaient leurs victimes.

— Et que fit-on pour en délivrer le pays ?

— On leur enfonça un pieu dans le cœur,
et on les brûla ensuite.

— Oui, c'est ainsi que l'on agit d'ordinaire ; mais pour nous cela ne suffit pas. Pour
vous délivrer du fantôme, je veux d'abord le
connaître, et, de par le ciel ! je le connaîtrai.
Oui, et s'il le faut, je lutterai corps à corps
avec lui, quel qu'il soit.

— Oh ! Grégoriska, m'écriai-je effrayée.

— J'ai dit : quel qu'il soit, et je le répète.
Mais il faut, pour mener à bien cette terrible
aventure, que vous consentiez à tout ce que
je vais exiger de vous.

— Dites.

— Tenez-vous prête à sept heures, descendez à la chapelle, descendez-y seule ; il faut vaincre votre faiblesse, Hedwige, il le faut. Là nous recevrons la bénédiction nuptiale. Consentez-y, ma bien-aimée ; il faut, pour vous défendre, que devant Dieu et devant les hommes j'aie le droit de veiller sur vous. Nous remonterons ici, et alors nous verrons.

— Oh ! Grégoriska, m'écriai-je, si c'est lui, il vous tuera !

— Ne craignez rien, ma bien-aimée Hedwige. Seulement, consentez.

— Vous savez bien que je ferai tout ce que vous voudrez, Grégoriska.

— À ce soir, alors.

— Oui, faites de votre côté ce que vous voulez faire, et je vous seconderai de mon mieux, allez.

Il sortit. Un quart d'heure après, je vis un cavalier bondissant sur la route du monastère, c'était lui !

À peine l'eus-je perdu de vue, que je tombai à genoux, et que je priai, comme on ne prie plus dans vos pays sans croyance, et j'attendis sept heures, offrant à Dieu et aux saints l'holocauste de mes pensées ; je ne me relevai qu'au moment où sonnèrent sept heures.

J'étais faible comme une mourante, pâle comme une morte. Je jetai sur ma tête un grand voile noir, je descendis l'escalier, me soutenant aux murailles, et me rendis à la chapelle sans avoir rencontré personne.

Grégoriska m'attendait avec le père Bazile, supérieur du couvent de Hango. Il portait au côté une épée sainte, relique d'un vieux croisé qui avait pris Constantinople avec Villehardouin et Baudouin de Flandre.

— Hedwige, dit-il en frappant de la main sur son épée, avec l'aide de Dieu, voici qui rompra le charme qui menace votre vie. Approchez donc résolument, voici un saint homme qui, après avoir reçu ma confession, va recevoir nos serments.

La cérémonie commença ; jamais peut-être il n'y en eut de plus simple et de plus solennelle à la fois. Nul n'assistait le pope; lui-même nous plaça sur la tête les couronnes nuptiales. Vêtus de deuil tous deux, nous fîmes le tour de l'autel un cierge à la main; puis le religieux, ayant prononcé les paroles saintes, ajouta :

— Allez maintenant, mes enfants, et que Dieu vous donne la force et le courage de lutter contre l'ennemi du genre humain. Vous êtes armés de votre innocence et de sa justice; vous vaincrez le démon. Allez et soyez bénis.

Nous baisâmes les livres saints, et nous sortîmes de la chapelle.

Alors, pour la première fois, je m'appuyai sur le bras de Grégoriska, et il me sembla qu'au toucher de ce bras vaillant, qu'au contact de ce noble cœur, la vie rentrait dans mes veines. Je me croyais certaine de triompher, puisque Grégoriska était avec moi; nous remontâmes dans ma chambre.

Huit heures et demie sonnaient.

— Hedwige, me dit alors Grégoriska, nous n'avons pas de temps à perdre. Veux-tu t'endormir comme d'habitude, et que tout se passe pendant ton sommeil ? Veux-tu rester éveillée et tout voir ?

— Près de toi je ne crains rien, je veux rester éveillée, je veux tout voir.

Grégoriska tira de sa poitrine un buis bénit, tout humide encore d'eau sainte, et me le donna.

— Prends donc ce rameau, dit-il, couche-toi sur ton lit, récite les prières à la Vierge et attends sans crainte. Dieu est avec nous. Surtout ne laisse pas tomber ton rameau ; avec lui tu commanderas à l'enfer même. Ne m'appelle pas, ne crie pas ; prie, espère et attends.

Je me couchai sur le lit. Je croisai mes mains sur ma poitrine, sur laquelle j'appuyai le rameau bénit.

Quant à Grégoriska, il se cacha derrière le dais dont j'ai déjà parlé, et qui coupait l'angle de ma chambre.

Je comptais les minutes, et sans doute Grégoriska les comptait aussi de son côté.

Les trois quarts sonnèrent.

Le retentissement du marteau vibrait encore que je ressentis ce même engourdissement, cette même terreur, ce même froid glacial ; mais j'approchai le rameau bénit de mes lèvres, et cette première sensation se dissipa.

Alors j'entendis bien distinctement le bruit de ce pas lent et mesuré qui retentissait dans l'escalier et qui s'approchait de ma porte.

Puis ma porte s'ouvrit lentement, sans bruit, comme poussée par une force surnaturelle, et alors…

La voix s'arrêta comme étouffée dans la gorge de la narratrice.

— Et alors, continua-t-elle avec un effort, j'aperçus Kostaki, pâle comme je l'avais vu sur la litière ; ses longs cheveux noirs, épars sur ses épaules, dégouttaient de sang : il portait son costume habituel ; seulement il était ouvert sur sa poitrine, et laissait voir sa blessure saignante.

Tout était mort, tout était cadavre… chair, habits, démarche… les yeux seuls, ces yeux terribles étaient vivants.

À cette vue, chose étrange ! au lieu de sentir redoubler mon épouvante, je sentis croître mon courage. Dieu me l'envoyait sans doute, pour que je pusse juger ma position et me défendre contre l'enfer. Au premier pas que le fantôme fit vers mon lit, je croisai hardiment mon regard avec ce regard de plomb et lui présentai le rameau bénit.

Le spectre essaya d'avancer ; mais un pouvoir plus fort que le sien le maintint à sa place. Il s'arrêta :

— Oh ! murmura-t-il ; elle ne dort pas : elle sait tout.

Il parlait en moldave, et cependant j'entendais comme si ses paroles eussent été prononcées dans une langue que j'eusse comprise.

Nous étions ainsi en face, le fantôme et moi, sans que mes yeux pussent se détacher des siens, lorsque je vis, sans avoir besoin de tourner la tête de son côté, Grégoriska sortir de derrière la stalle de bois, semblable à l'ange exterminateur et tenant son épée à la main. Il fit le signe de la croix de la main gauche et s'avança lentement l'épée tendue vers le fantôme ; celui-ci, à l'aspect de son frère, avait à son tour tiré son sabre avec un éclat de rire terrible ; mais à peine le sabre eut-il touché le fer bénit, que le bras du fantôme retomba inerte près de son corps.

Kostaki poussa un soupir plein de lutte et de désespoir.

— Que veux-tu ? dit-il à son frère.

— Au nom du Dieu vivant, dit Grégoriska, je t'adjure de répondre.

— Parle, dit le fantôme en grinçant des dents.

— Est-ce moi qui t'ai attendu ?

— Non.

— Est-ce moi qui t'ai attaqué ?

— Non.

— Est-ce moi qui t'ai frappé ?

— Non.

— Tu t'es jeté sur mon épée, et voilà tout. Donc, aux yeux de Dieu et des hommes, je ne suis pas coupable du crime de fratricide ; donc, tu n'as pas reçu une mission divine, mais infernale ; donc, tu es sorti de la tombe, non comme une ombre sainte, mais comme un spectre maudit, et tu vas rentrer dans ta tombe.

— Avec elle, oui, s'écria Kostaki en faisant un effort suprême pour s'emparer de moi.

— Seul, s'écria à son tour Grégoriska ; cette femme m'appartient.

Et en prononçant ces paroles, du bout du fer bénit il toucha la plaie vive.

Kostaki poussa un cri comme si un glaive de flamme l'eût touché, et portant la main gauche à sa poitrine, il fit un pas en arrière.

En même temps, et d'un mouvement qui semblait être emboîté avec le sien, Grégoriska fit un pas en avant ; alors les yeux sur les yeux du mort, l'épée sur la poitrine de son frère, commença une marche lente, terrible, solennelle ; quelque chose de pareil au passage de don Juan et du commandeur ; le spectre reculant sous le glaive sacré, sous la volonté irrésistible du champion de Dieu ; celui-ci le suivant pas à pas sans prononcer une parole, tous deux haletants, tous deux livides, le vivant poussant le mort devant lui, et le forçant d'abandonner ce château qui était sa demeure dans le passé, pour la tombe qui était sa demeure dans l'avenir.

Oh ! c'était horrible à voir, je vous jure.

Et pourtant, mue moi-même par une force supérieure, invisible, inconnue, sans me rendre compte de ce que je faisais, je me levai et je les suivis. Nous descendîmes l'escalier, éclairés seulement par les prunelles ardentes de Kostaki. Nous traversâmes ainsi la galerie, ainsi la cour. Nous franchîmes ainsi la porte de ce même pas mesuré : le spectre à reculons, Grégoriska le bras tendu, moi les suivant.

Cette course fantastique dura une heure :

il fallait reconduire le mort à sa tombe ; seulement, au lieu de suivre le chemin habituel, Kostaki et Grégoriska avaient coupé le terrain en droite ligne, s'inquiétant peu des obstacles qui avaient cessé d'exister : sous leurs pieds, le sol s'aplanissait, les torrents se desséchaient, les arbres se reculaient, les rocs s'écartaient ; le même miracle s'opérait pour moi, qui s'opérait pour eux ; seulement tout le ciel me semblait couvert d'un crêpe noir, la lune et les étoiles avaient disparu, et je ne voyais toujours dans la nuit briller que les yeux de flamme du vampire.

Nous arrivâmes ainsi à Hango, ainsi nous passâmes à travers la haie d'arbousiers qui servait de clôture au cimetière. À peine entrée, je distinguai dans l'ombre la tombe de Kostaki placée à côté de celle de son père ; j'ignorais qu'elle fût là, et cependant je la reconnus.

Cette nuit-là, je savais tout.

Au bord de la fosse ouverte, Grégoriska s'arrêta.

— Kostaki, dit-il, tout n'est pas encore fini pour toi, et une voix du ciel me dit que tu seras pardonné si tu te repens : promets-tu de rentrer dans ta tombe, promets-tu de n'en plus sortir, promets-tu de vouer enfin à Dieu le culte que tu as voué à l'enfer ?

— Non ! répondit Kostaki.

— Te repens-tu ? demanda Grégoriska.

— Non !

— Pour la dernière fois, Kostaki ?

— Non !

— Eh bien ! appelle à ton secours Satan, comme j'appelle Dieu au mien, et voyons cette fois encore à qui restera la victoire !

Deux cris retentirent en même temps ; les fers se croisèrent tout jaillissants d'étincelles, et le combat dura une minute qui me parut un siècle.

Kostaki tomba ; je vis se lever l'épée terrible, je la vis s'enfoncer dans son corps et clouer ce corps à la terre fraîchement remuée.

Un cri suprême, et qui n'avait rien d'humain, passa dans l'air.

J'accourus.

Grégoriska était resté debout, mais chancelant.

J'accourus et je le soutins dans mes bras.

— Êtes-vous blessé ? lui demandai-je avec anxiété.

— Non, me dit-il ; mais dans un duel pareil, chère Hedwige, ce n'est pas la blessure qui tue, c'est la lutte. J'ai lutté avec la mort, j'appartiens à la mort.

— Ami ! ami ! m'écriai-je, éloigne-toi, éloigne-toi d'ici, et la vie reviendra peut-être.

— Non, dit-il, voilà ma tombe, Hedwige : mais ne perdons pas de temps ; prends un peu de cette terre imprégnée de son sang et applique-la sur la morsure qu'il t'a faite ; c'est le seul moyen de te préserver dans l'avenir de son horrible amour.

J'obéis en frissonnant. Je me baissai pour ramasser cette terre sanglante, et, en me baissant, je vis le cadavre cloué au sol ; l'épée bénite lui traversait le cœur, et un sang noir et abondant sortait de sa blessure, comme s'il venait seulement de mourir à l'instant même.

Je pétris un peu de terre avec le sang, et j'appliquai l'horrible talisman sur ma blessure.

— Maintenant, mon Hedwige adorée, dit Grégoriska d'une voix affaiblie, écoute bien mes dernières instructions : quitte le pays aussitôt que tu pourras. La distance seule est une sécurité pour toi. Le père Bazile a reçu aujourd'hui mes volontés suprêmes, et il les accomplira. Hedwige ! un baiser ! le dernier, le seul, Hedwige ! Je meurs.

Et, en disant ces mots, Grégoriska tomba près de son frère.

Dans toute autre circonstance, au milieu de ce cimetière, près de cette tombe ouverte, avec ces deux cadavres couchés à côté l'un de l'autre, je fusse devenue folle ; mais, je l'ai déjà dit, Dieu avait mis en moi une force égale aux événements dont il me faisait non seulement le témoin, mais l'acteur.

Au moment où je regardais autour de moi, cherchant quelques secours, je vis s'ouvrir la porte du cloître, et les moines, conduits par le père Bazile, s'avancèrent deux à deux, portant des torches allumées et chantant les prières des morts.

Le père Bazile venait d'arriver au couvent ; il avait prévu ce qui s'était passé, et, à la tête de toute la communauté, il se rendait au cimetière.

Il me trouva vivante près des deux morts.

Kostaki avait le visage bouleversé par une dernière convulsion.

Grégoriska, au contraire, était calme et presque souriant.

Comme l'avait recommandé Grégoriska, on l'enterra près de son frère, le chrétien gardant le damné.

Smérande, en apprenant ce nouveau malheur et la part que j'y avais prise, voulut me voir ; elle vint me trouver au couvent de Hango, et apprit de ma bouche tout ce qui s'était passé dans cette terrible nuit.

Je lui racontai dans tous ses détails la fantastique histoire, mais elle m'écouta comme m'avait écoutée Grégoriska, sans étonnement, sans frayeur.

— Hedwige, répondit-elle après un moment de silence, si étrange que soit ce que vous venez de raconter, vous n'avez dit cependant que la vérité pure. La race des Brancovan est maudite, jusqu'à la troisième et la quatrième générations, et cela parce qu'un Brancovan a tué un prêtre. Mais le terme de la malédiction est arrivé ; car, quoique épouse, vous êtes vierge, et en moi la race s'éteint. Si mon fils vous a légué un million, prenez-le. Après moi, à part les legs pieux que je compte faire, vous aurez le reste de ma fortune. Maintenant, suivez le conseil de votre époux, retournez au plus vite dans les pays où Dieu ne permet point que s'accomplissent ces terribles prodiges. Je n'ai besoin de personne pour pleurer mes fils avec moi. Ma douleur demande la solitude. Adieu, ne vous enquérez plus de moi. Mon sort à venir n'appartient plus qu'à moi et à Dieu.

Et m'ayant embrassée sur le front comme d'habitude, elle me quitta et vint s'enfermer au château de Brancovan.

Huit jours après je partis pour la France. Comme l'avait espéré Grégoriska, mes nuits cessèrent d'être fréquentées par le terrible fantôme. Ma santé même s'est rétablie, et je n'ai gardé de cet événement que cette pâleur mortelle qui accompagne jusqu'au tombeau toute créature humaine qui a subi le baiser d'un vampire.

La dame se tut, minuit sonna, et j'oserai presque dire que le plus brave de nous tressaillit au timbre de la pendule.

COLLECTION FOLIO 2 €

Dernières parutions

Composition Interligne
Impression Novoprint
à Barcelone, le 6 octobre 2020
Dépôt légal : octobre 2020
1er dépôt légal dans la collection: avril 2006

ISBN 978-2-07-033808-5./ Imprimé en Espagne

374065